작은 무민 가족과 큰 홍수
무민 골짜기, 시작하는 이야기

토베 얀손

1914년, 조각가 아버지와 일러스트레이터 어머니 사이에서 태어났다. 1945년부터 발표하기 시작한 '무민' 시리즈로 1966년 어린이 문학의 노벨상이라 불리는 '한스 크리스티안 안데르센상'을 수상하고 핀란드 최고 훈장을 받았다. 2001년 6월 27일, 고향 헬싱키에서 86세로 세상을 떠날 때까지 그림책

© Per Olov Jansson

과 동화, 코믹 스트립 등 무민 시리즈뿐만 아니라 소설과 회화 등 다양한 분야에서 여러 작품을 남겼다. 무민 시리즈는 텔레비전 만화영화 및 뮤지컬로도 제작되었으며, 동화의 무대인 핀란드 난탈리에는 무민 테마파크가 세워져 해마다 방문객이 끊이지 않고 있다.

1945년에 발표한 『작은 무민 가족과 큰 홍수』는 무민 시리즈의 시작을 알리는 서막과도 같은 작품이다. 1939년 제2차 세계 대전 초기, 소련의 핀란드 침공으로 발발한 겨울 전쟁 때 집필을 시작했지만 중단되었다가 1944년, 당시 연인이자 선도적 좌파 지식인이었던 아토스 비르따넨(Atos Wirtanen)이 출판을 제안하자, 수채 물감과 먹으로 삽화 50여 장면을 그려 원고를 완성했다. 책은 1945년 종전 직후에 스웨덴과 핀란드에 동시 출간되었으며, 1991년에 서문을 덧붙여 재출간되었다. 해티패티와 훌쩍 떠나 버린 무민파파를 찾는 과정을 그린 무민마마와 무민의 원정 이야기로, 궁극적으로는 무민 가족이 무민 골짜기에 정착하게 되기까지 그 과정을 담고 있다.

작은 무민 가족과
큰 홍수

무민 골짜기, 시작하는 이야기

토베 얀손 글·그림 ❖ 이유진 옮김

작가
정신

서문

제2차 세계 대전이 한창이었던 1939년 겨울이었습니다. 그림을 그린다는 게 아무 쓸모없는 일로 느껴졌고, 일이 손에 잡히지 않았습니다.

이런 상황에서 갑자기 "옛날 옛적에"로 시작하는 글을 쓰고 싶어진 건 당연한 일인지도 모릅니다. 그에 이어지는 이야기는 동화여야만 했지요. 그건 피할 수 없는 일이었지만, 저를 봐주는 의미로 공주와 왕자와 어린아이들 대신, 제 시사 풍자만화의 서명에 같이 그려 넣었던 화난 캐릭터를 선택해 '무민'이라는 이름을 붙여 등장시켰습니다.

그 이야기는 절반 남짓 쓰다가 1945년까지 잊고 지냈습니다. 그때 한 친구가 이 글은 어린이 책이 될 수 있을 테니 마저 다 쓰고 삽화를 그리라고, 아마도 어린이들이 읽게 될 거라고 말했습니다.

저는 이 책의 제목이 무민 그리고 무민이 아빠를 찾아

다니는 일과 관련이 있어야 한다고 생각했습니다. 쥘 베른의 『그랜트 선장의 아이들』을 본받아서 말이죠. 하지만 출판사에서는 독자들이 더 쉽게 이해할 수 있도록 제목에 '작은 무민 가족'을 붙였으면 했습니다.

이 이야기는 제가 어린 시절 읽었고 사랑했던 책에서 영향을 많이 받았습니다, 베른에게서 살짝, 카를로 콜로디에게서 살짝 (『피노키오』에 나오는 파란 머리 소녀 말이지요.) 등등. 그래도 안 될 건 없지 않겠어요?

어쨌거나 저는 이 책에 처음으로 행복하게 끝나는 이야기를 썼답니다!

토베 얀손

Tove Jansson

토베 얀손 무민 연작소설

혜성이 다가온다 1946, 1968

마법사가 잃어버린 모자 1948

무민파파의 회고록 1950, 1968

위험한 여름 1954

무민의 겨울 1957

보이지 않는 아이 아홉 가지 무민 골짜기 이야기 1962

무민파파와 바다 1965

늦가을 무민 골짜기 1970

  무민과 무민의 엄마가 커다란 숲의 가장 깊숙한 곳까지 들어갔을 때는 8월이 끝나 가는 어느 날 오후 무렵이 틀림없었다. 커다란 숲 속은 무척이나 고요했고 울창한 나무 사이사이는 이미 땅거미가 진 듯이 어두침침했다. 스스로 빛을 내는 거대한 꽃이 깜박이는 등불처럼 빛나며 여기저기 피어 있었고, 그림자 안쪽 가장 먼 곳에서는 싸늘한 초록빛이 가물거리며 점점이 움직이고 있었다.

  "반딧불이구나."

  무민의 엄마가 이렇게 말했지만, 무민도 무민의 엄마

도 반딧불이 떼를 자세히 보려고 걸음을 멈출 겨를이 없었다. 둘은 겨울이 오기 전에 기어들어 살 보금자리를 지을 아늑하고 따뜻한 집터를 찾아 밖으로 나와 있었다. 무민들은 추위를 견뎌 내지 못하기 때문에, 늦어도 10월에는 집을 완성해야만 했다.

그래서 둘은 괴괴함이 감도는 어둠 속으로 더욱더 깊이 들어갔다. 무민은 점점 더 불안해져서, 속삭이는 목소리로 저 안에 위험한 동물들이 있다고 믿는지 엄마에게 물었다.

엄마가 말했다.

"그렇게 믿지는 않는단다. 그렇지만 조금 더 빨리 걷는 편이 좋겠구나. 그런데도 위험한 뭔가가 우리 가까이 다가온다면 엄마는 우리가 아주 작아서 눈에 띄지 않기를 바랄 뿐이란다."

갑자기 무민은 엄마의 팔을 꼭 붙잡았다. 겁이 나서 꼬리가 곤두선 무민이 말했다.

"저기 좀 보세요!"

나무둥치 뒤쪽 그늘에서 눈 한 쌍이 무민과 무민의 엄마를 뚫어지게 바라보고 있었다.

처음에는 무민의 엄마도 무서웠지만, 잠시 뒤 아들

을 달래며 말했다.

"아주 작은 동물일 거야. 기다려 보렴, 엄마가 저쪽으로 불빛을 비춰 볼게. 어둠 속에서는 모든 게 더 비관적으로 보이지, 너도 알잖니."

 그리고 나서 무민의 엄마는 등불처럼 빛나는 커다란 꽃을 한 송이 꺾어서 그늘 안을 비추었다. 그러자 무민과 무민의 엄마는 그곳에 무척 조그마한 동물이 앉아 있는 모습을 보았는데, 그 동물은 온순하게 생겼고 살짝 겁먹은 것처럼 보였다.

 무민의 엄마가 말했다.

 "그것 보렴."

 작은 동물이 물었다.

 "당신들은 뭐예요?"

 다시 용기가 생긴 무민이 대답했다.

"나는 무민 종족이야. 그리고 여긴 우리 엄마. 우리가 널 방해한 게 아니었으면 좋겠어."(무민의 엄마가 무민을 예의 바르게 가르친 티가 난다.)

작은 동물이 말했다.

"천만에. 나는 다른 누구랑 어울리고 싶어서 울적한 마음으로 앉아 있었어. 많이 바빠?"

무민의 엄마가 말했다.

"그런 셈이라고 할 수 있지. 우리는 지금 집을 짓기 좋고, 양지바른 터를 찾고 있단다. 그런데 너도 같이 가면 좋겠다 싶구나. 괜찮겠니?"

말이 끝나기가 무섭게 작은 동물은 껑충 뛰어 둘에게 바짝 다가가더니 말했다.

"물론이죠! 저는 길을 잃어버려서 다시는 태양을 못 보게 될 줄 알았거든요!"

그렇게 해서 무민과 무민의 엄마와 작은 동물은 길을 비추어 주는 커다란 튤립 한 송이를 들고 계속 앞으로 나아갔다. 그러나 셋 주위를 둘러싼 어둠은 갈수록 짙어지기만 했고, 꽃이 내뿜는 빛은 울창한 나무 아래에서 점점 희미해지더니, 마침내 마지막 꽃송이의 빛까지 모두 꺼지고 말았다. 셋 앞에는 검은 물이 희미하게 빛났으며 공기는 무겁고 차가웠다.

작은 동물이 말했다.

"하아, 너무 무서워. 늪이야. 저쪽으로는 갈 생각도 하지 않을 거야."

무민의 엄마가 물었다.

"왜 그러니?"

작은 동물은 사방을 둘러보며 기어 들어가는 목소리로 말했다.

"음, 저기엔 왕뱀이 사니까요."

무민이 용감해 보이려고 말했다.

"어휴. 우린 너무 작아서 눈에 띄지도 않을 거야. 우리가 늪을 건널 용기를 내지 못하면 어떻게 햇빛을 찾겠어? 이제 그냥 같이 가자고."

작은 동물이 말했다.

"그래야겠지. 하지만 조심해. 위험해지면 다 너희 책임이야!"

그 뒤, 셋은 되도록 조용히 이쪽 풀덤불에서 저쪽 풀덤불로 성큼 넘어섰다. 셋의 주위를 둘러싼 검은 진흙탕 속에서 속삭이듯 부글거리며 거품이 일었지만, 튤립 등불이 빛나는 한 셋은 차분했다. 한번은 발을 헛디딘

무민이 미끄러져 진흙탕에 빠질 뻔했지만, 무민의 엄마가 마지막 순간에 무민을 붙잡았다.

엄마가 말했다.

"계속 가려면 배를 타야겠구나. 발이 흠뻑 젖었네. 감기가 들겠어."

그러더니 엄마는 가방에서 무민에게 줄 마른 양말 한 켤레를 꺼내고는 크고 둥근 잎사귀에 무민과 작은

동물을 들어 올려 태웠다. 셋 모두 꼬리를 노처럼 물에 넣고 저어 가며 늪을 향해 똑바로 나아갔다. 셋이 타고 있는 잎사귀 아래로는 나무뿌리 사이를 들락날락하는 어두운 생명들이 희미하게 보였고, 물을 튀기며 뛰어드는 소리도 들려왔다. 셋의 머리 위로 슬금슬금 안개가 끼기 시작했다.

갑자기 작은 동물이 말했다.

"이제 집에 가고 싶어!"

무민이 떨리는 목소리로 말했다.

"작은 동물아, 무서워하지 마. 그럼 우리 즐거운 노래를 부르자……."

그 순간 튤립 불빛이 꺼지며 완전히 어둠에 잠겼다. 그리고 어둠 속에서 쉿 소리가 들렸고 셋이 타고 있는 수련 잎이 출렁거렸다.

무민의 엄마가 소리쳤다.

"빨리, 빨리. 왕뱀이 오고 있어!"

셋은 꼬리를 물속에 더 깊이 넣고는 뱃전에 물결이 몰아칠 정도로 있는 힘껏 저었다. 지금 셋은 등 뒤에서 헤엄치며 쫓아오는 왕뱀을 보았다. 왕뱀은 사악하게 생겼고, 누런 눈은 잔인해 보였다.

 셋은 있는 힘을 다해 꼬리를 저었지만, 왕뱀은 점점 더 가까워지기만 했고 벌써 입을 쩍 벌린 채 기다란 혀를 날름거리고 있었다.
 무민은 두 손으로 눈을 가리며 소리쳤다.
 "엄마!"
 그러고는 무민은 잡아먹히기를 기다렸다.
 그러나 아무 일도 일어나지 않았다. 그러자 무민은 조심스럽게 손가락 사이로 앞을 내다보았다. 튤립 불빛이 다시 빛나고 있었고, 활짝 벌어진 꽃잎 한가운데에

밝은 파란색 머리카락을 다리까지 길게 늘어뜨린 여자 아이가 서 있었다.

튤립이 내뿜는 빛은 점점 더 강렬해져 갔다. 왕뱀은 눈을 깜박거리더니, 갑자기 성난 쉿 소리를 내며 몸을 돌려 진흙탕 속으로 미끄러져 들어갔다.

무민과 무민의 엄마 그리고 작은 동물은 너무 놀란

나머지 마음을 추스르지 못해서 한참 동안 아무 말도 할 수가 없었다.

마침내 무민의 엄마가 정중하게 입을 열었다.

"아름다운 아가씨, 이렇게 우리를 도와주다니 정말 고마워요."

그리고 무민은 그 어느 때보다도 허리를 깊이 숙이며 정중하게 인사했는데, 파란 머리 여자아이는 무민이 지금까지 보았던 그 누구보다 아름답게 보였기 때문이었다.

작은 동물이 수줍은 목소리로 물었다.

"항상 튤립 안에서 살았어요?"

여자아이가 말했다.

"튤립은 내 집이야. 난 툴리파라고 해."

그리고 나서 무민과 무민의 엄마와 작은 동물과 툴리파는 아주 천천히 노를 저어 배를 늪 맞은편에 댔다. 그쪽에는 고사리가 빽빽이 자라고 있었다. 무민의 엄마는 고사리 아래쪽으로 우거진 푹신한 이끼 밭에 잠자리를 마련했다. 무민은 엄마 곁에 바짝 붙어 누워서 바깥 늪 개구리들의 노랫소리에 귀를 기울였다.

이날 밤은 쓸쓸하고도 기묘한 소리로 가득했고, 이

소리는 무민이 잠들 때까지 오랫동안 끊이지 않았다.

다음 날 아침 튤리파가 앞장서서 길을 나섰을 때, 튤리파의 파란 머리는 밝은 주광등처럼 빛났다. 길은 갈수록 가팔라지더니 마침내 험한 산길이 나타났는데, 끝이 보이지 않을 정도로 높았다.

작은 동물이 간절하게 말했다.

"저 위에는 틀림없이 햇빛이 비치겠지. 나 정말 너무너무 추워."

무민이 말했다.

"나도."

그러고 나서 무민은 재채기를 했다.

무민의 엄마가 말했다.

"엄마가 말했던 대로잖니. 감기에 걸렸구나. 엄마가 모닥불을 지필 동안 여기 앉아 있으렴."

그러고 나서 무민의 엄마는 삭정이를 한 무더기 잔뜩 모아 와서는 툴리파의 파란 머리에서 나온 불꽃으로 삭정이 더미에 불을 붙였다.

모두 불을 바라보며 둘러앉았고, 무민의 엄마는 이야기를 들려주었다. 무민의 엄마는 자신이 어렸을 때, 그러니까 무민 종족이 살아갈 곳을 찾기 위해 끔찍한 숲과 늪을 지날 필요가 없었을 때 세상이 어땠는지 이야기했다.

그 시절 무민 종족은 사람들의 집에서, 주로 벽난로 뒤에서 집을 지키는 트롤들과 함께 살았다.

무민의 엄마가 말했다.

"우리 무민들 가운데 일부는 여전히 거기 남아서 살고 있을 거란다. 그러니까 다시 말하자면, 아직도 벽난로가 있는 사람들의 집에서 말이야. 하지만 중앙난방 장치가 있는 집에서 우리 무민들은 마음 편히 지내지 못했단다."

무민이 물었다.

"그럼 사람들은 우리가 같이 사는 줄 알았어요?"

무민의 엄마가 말했다.

"아는 사람들도 있었지. 그 사람들은 대부분 우리를 목덜미에 이는 서늘한 외풍 정도로 느꼈단다. 가끔 혼자 있을 때 말이야."

무민이 부탁했다.

"아빠 이야기 좀 해 주세요."

무민의 엄마는 생각에 잠겨 슬픈 목소리로 말했다.

"네 아빠는 비범한 무민이었단다. 네 아빠는 언제나 이 벽난로에서 저 벽난로로 옮겨 다니며 살고 싶어 했어. 전혀 잘 지내지 못했지. 그러다가 사라졌어. 해티패티들과 같이 떠났지, 그 작은 떠돌이들 말이야."

작은 동물이 물었다.

"해티패티는 어떤 이들이에요?"

무민의 엄마가 설명했다.

"일종의 작은 트롤 생명체야. 대개는 눈에 보이지 않지. 사람들 집 마루 밑에서 살기도 하는데, 저녁에 조용해지면 그 안에서 해티패티들이 살금살금 돌아다니는 소리가 들리곤 한단다. 하지만 해티패티들은 대부분 세상을 돌아다니고, 어디 머무르는 법도 없고, 아무것에도 신경 쓰지 않아. 해티패티가 기쁜지 아니면 화났는지, 슬픈지 아니면 놀랐는지는 아무도 몰라. 엄마는 해티패티들에게는 아무런 감정도 없다고 생각한단다."

무민이 물었다.

"그러면 아빠는 지금 해티패티가 된 거예요?"

무민의 엄마가 말했다.

"아니, 당연히 아니지! 네 아빠는 그저 해티패티들의 꾐에 빠져서 같이 길을 떠났을 뿐이란다. 알겠지?"

툴리파가 말했다.

"어느 멋진 날 우리가 그분을 만나게 되면 어떨까요! 그럼 그분도 기뻐하시겠죠?"

무민의 엄마가 말했다.

"물론이지. 하지만 만나지 못할지도 모르겠구나."

그러고 나서 무민의 엄마는 울음을 터뜨렸다. 엄마의 울음소리는 너무나도 슬퍼서 모두 덩달아 훌쩍였고, 넷은 울면서 다른 슬픈 일까지도 떠올라 눈물을 그치기는커녕 갈수록 더 크게 울었다. 툴리파의 파란 머리는 슬픔으로 색이 점점 바래다가 완전히 빛을 잃었다. 넷이 한참을 울고 있는데, 갑자기 근엄한 목소리가 들려왔다.

목소리가 말했다.

"무슨 일로 그 아래에서 슬피 울고 있죠?"

넷은 울음을 그치고 사방을 둘러보았지만 목소리의 주인은 보이지 않았다.

그때 줄사다리가 암벽 면을 따라 흔들리며 내려왔다.

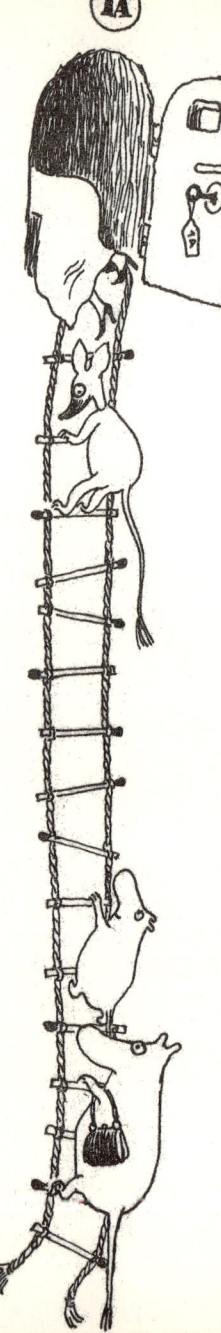

아주 높은 곳에서 나이 지긋한 신사가 바위에 난 문으로 머리를 내밀었다.

신사가 소리쳤다.

"어어? 실례해요."

툴리파가 무릎을 굽히며 인사하고 말했다.

"어르신, 이해해 주세요. 너무 슬퍼서 어쩔 수 없어요. 무민의 아빠가 사라진 데다, 너무 춥고, 햇빛을 찾으러 이 산을 넘어가지도 못하고 살 곳조차 없어요."

노신사가 말했다.

"그랬군요. 그럼 제가 사는 이 위로 올라오시지요. 이곳은 햇빛 상태가 아주 좋습니다."

줄사다리를 타고 올라가기란 특히 무민과 무민의

엄마에게는 꽤나 어려운 일이었는데, 둘은 다리가 아주 짧기 때문이었다.

노신사는 무민 일행이 모두 올라온 뒤에 줄사다리를 걷어올리며 말했다.

"여러분은 이제 발을 털어야 합니다."

그런 다음, 노신사는 위험한 것이 슬그머니 들어오지 못하도록 무척 꼼꼼히 문단속을 했다. 그러고는 이제 모두 산속으로 똑바로 들어가는 에스컬레이터에 올라탔다.

작은 동물이 속삭였다.

"이 신사를 믿을 수 있겠어요? 위험해지면 여러분 책임이라는 거 기억해요!"

그러고 나서 작은 동물은 되도록 몸을 작게 움츠리고 무민의 엄마 뒤로 숨었다. 그때 밝은 빛이 무민 일행을 비추었고 에스컬레이터는 신기한 풍경 속으로 똑바로 들어갔다. 나무들은 색색으로 빛나고 있었고 주위에는 넷이 전에는 한 번도 본 적 없는 열매와 꽃으로 가득했으며 나무 아래 잔디에는 반짝이는 흰 눈이 소복이 깔려 있었다.

"와!"

무민은 소리를 지르며 눈뭉치를 만들려고 뛰어갔다.

무민의 엄마가 소리쳤다.

"조심해, 눈은 차갑단다!"

그러나 눈 속에서 두 손을 움직여 보자마자 무민은 잔디에 깔린 하얀 게 눈이 아니라 아이스크림이라는 사실을 알아차렸다. 발로 밟을 때마다 톡톡 소리를 내며 부러지는 초록빛 잔디는 가늘게 뽑아낸 설탕이었다. 풀밭 여기저기로는 찰랑거리는 갖가지 색깔 냇물이 금빛 모래 위를 거품을 일으키며 흐르고 있었다.

 작은 동물이 냇물을 마시려고 몸을 숙였다가 소리 쳤다.

 "초록 레모네이드다! 물이 아니야, 진짜 레모네이드 라니까!"

 무민의 엄마는 새뽀얀 냇물로 곧장 다가갔는데, 우유를 무척 좋아하기 때문이었다. (무민 종족은 대부분 우유를 좋아하는데, 적어도 나이가 조금 든 뒤부터 그렇다.) 툴리파는 이 나무에서 저 나무로 뛰어다니며 초콜릿과 캐러멜을 한 아름 땄는데, 나무에서 빛나는 열매 하나를 따자마자 곧바로 새 열매가 열렸다. 넷은 슬픔을 잊고 마법 정원 안으로 점점 깊이 뛰어 들어갔다. 노신사는 그 뒤를 천천히 따라가면서, 놀라워하고 끊임없이 감탄하는 넷의 모습을 보며 만족스러운 표정을 지었다.

노신사가 말했다.

"이 모든 걸 저 혼자 만들었습니다. 태양까지도 말입니다."

그제야 넷은 그 태양이 진짜가 아니라, 금박 술 장식을 단 커다란 등이라는 사실을 깨달았다.

실망한 작은 동물이 말했다.

"그렇구나. 진짜 태양인 줄 알았어요. 이제 보니 태양빛이 조금 이상하네요."

노신사는 마음이 불편해져서 말했다.

"그렇습니다. 이보다 더 자연스럽게는 만들 수 없었지요. 그래도 여러분의 마음에 드는 정원 아닌가요?"

우물거리며 조약돌을 먹고 있던 무민이 말했다. (조약돌은 마지팬*으로 되어 있었다.)

"네."

노신사가 말했다.

"네 분께서 이곳에서 지낼 생각이 있다면 여러분이 묵을 크로캉부슈** 집을 지어 드리겠습니다. 저도 가끔

---

* 마지팬 : 으깬 아몬드와 설탕으로 만든 제과용 반죽. 점토 같이 부드럽고 채색이 쉬워서 모양을 내기 좋다.—옮긴이
** 크로캉부슈 : 당을 입힌 작은 슈크림을 얹은 장식용 케이크.—옮긴이

은 이곳에서 혼자 고독하게 살기 지겨울 때가 있지요."

무민의 엄마가 말했다.

"무척 친절한 말씀이시군요. 하지만 기분 나쁘게 받아들이지 않으셨으면 좋겠어요. 저희는 길을 계속 가야 해요. 진짜 햇빛을 받는 집을 지을 작정이거든요."

무민과 작은 동물과 튤리파가 소리쳤다.

"싫어요, 여기 있을래요!"

무민의 엄마가 말했다.

"그래, 애들아. 좀 더 머물러 보자꾸나."

그러고 나서 무민의 엄마는 잠깐 눈을 붙이려고 초콜릿 덤불 아래에 자리를 잡고 누웠다.

 다시 잠에서 깨어 지독한 앓는 소리를 듣자마자 무민의 엄마는 무민이 배앓이를 하는 줄 알아차렸다. (무민 종족은 걸핏하면 배앓이를 한다.) 무민은 그동안 이것저것 너무 많이 먹어 배가 빵빵하게 차서 지독히도 아팠다. 작은 동물은 온갖 캐러멜을 잔뜩 먹고 치통이 생겨 무민보다 심하게 끙끙거리며 불평했다. 엄마는 무민과 작은 동물을 꾸짖지 않고 가방에서 가루약 두 봉을 꺼내 둘에게 하나씩 나누어 준 뒤, 노신사에게 따뜻하고 몸에 좋은 죽으로 채운 수영장은 없는지 물었다.

노신사가 말했다.

"네, 유감스럽지만 이곳에 그런 건 없습니다. 하지만 휘핑크림 수영장과 마멀레이드 수영장은 있지요."

무민의 엄마가 말했다.

"흠. 보셔서 아시겠지만, 저 애들에게 필요한 건 제대로 된 따뜻한 음식이에요. 툴리파는 어디 있나요?"

노신사는 슬픈 표정으로 말했다.

"그 아이는 이곳에 날이 저물지 않으니 잠들 수가 없다고 하더군요. 여러분께서 제 집에서 편하게 지내시지 못하다니 정말 유감입니다."

무민의 엄마가 위로했다.

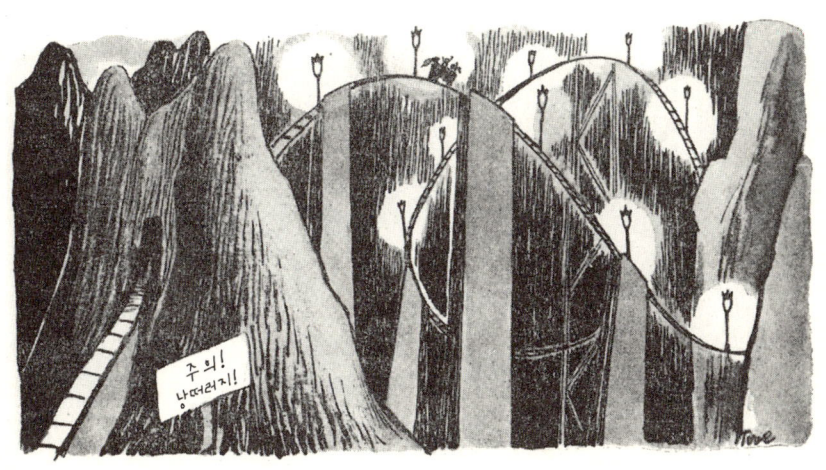

"다시 올게요. 하지만 저희는 이제 신선한 공기가 있는 바깥으로 다시 나가야 해요."

그 뒤 무민의 엄마는 한 손으로 무민을, 다른 한 손으로 작은 동물을 붙잡고는 툴리파를 소리쳐 불렀다.

노신사는 정중하게 말했다.

"롤러코스터를 타는 게 좋을 겁니다. 롤러코스터는 산을 지나서 햇빛 한가운데로 나가지요."

무민의 엄마가 말했다.

"감사합니다. 그럼 안녕히."

툴리파가 말했다.

"그럼 안녕히."

(무민과 작은 동물은 아무 말도 할 수 없었는데, 둘은 지독하게 아팠기 때문이었다.)

노신사가 말했다.

"천만에요."

그러고 나서 넷은 어지러운 속도로 질주하는 롤러코스터를 타고 온 산을 지나쳐 갔다. 맞은편으로 나왔을 때 넷은 너무 어지러워서 오랫동안 주저앉아 있다가 일어나야 했다. 한참 뒤, 넷은 주위를 둘러보았다. 햇빛에 반짝이는 바다가 앞에 펼쳐져 있었다.

이제 다시 기운을 차린 무민이 소리쳤다.

"물놀이하고 싶어요!"

"저도요."

이렇게 말한 작은 동물은 무민과 함께 수면 위로 빛나는 햇살을 향해 곧바로 뛰어 들어갔다. 툴리파는 머리가 물에 젖어 빛을 잃지 않도록 머리카락을 올려 묶고 나서, 무척 조심스럽게 발걸음을 내디디며 둘을 뒤따라갔다.

툴리파가 말했다.

"어머, 너무 차갑네."

"너무 오래 있진 말고."

무민의 엄마는 이렇게 소리치고 나서 햇볕을 쬐려고 누웠다. 여전히 꽤 피곤했다.

그때 갑자기 개미귀신이 어슬렁거리며 모래밭을 가로질러 왔다. 어쩐 일인지 잔뜩 화가 난 목소리로 개미귀신이 말했다.

"여기는 내 바닷가다! 당장 여기서 떠나!"

무민의 엄마가 말했다.

"절대 그럴 일 없어. 그러니 그만하시지."

그러자 개미귀신은 모래를 발로 차서 무민의 엄마 눈에 뿌리기 시작했는데, 무민의 엄마가 앞을 볼 수 없을 때까지 모래를 긁어 발로 찼다. 개미귀신은 점점 더 무

민의 엄마 쪽으로 가까이 다가오더니 느닷없이 모래를 파고 구덩이를 만들기 시작했는데, 제 주위로 모래 구덩이가 점점 깊어져도 아랑곳하지 않고 속으로 점점 파고들기만 했다.

결국 저 아래 구덩이 바닥에서 개미귀신의 눈만 보일 정도가 되었는데도 개미귀신은 계속해서 무민의 엄마에게 모래를 발로 차서 뿌렸다. 구덩이 속으로 미끄러져 내려가기 시작한 무민의 엄마는 다시 올라가려고 필사적으로 몸부림을 쳤다.

무민의 엄마는 모래를 내뱉으면서 말했다.

"도와줘, 도와줘! 구해 줘!"

무민이 엄마의 목소리를 듣고는 허겁지겁 물에서 나와 구덩이로 달려왔다. 무민은 엄마의 귀를 간신히 붙잡고 개미귀신에게 험한 말을 퍼부으면서 온 힘을 다해

엄마를 끌어올렸다. 작은 동물과 툴리파도 뒤따라 달려와서 도운 끝에 셋은 무민의 엄마를 구덩이 가장자리 너머로 끌어당겨 마침내 무민의 엄마를 구하는 데 성공했다. (개미귀신은 화가 머리끝까지 치밀어 올라서 계속 구덩이 속을 파고들었는데, 개미귀신이 올라오는 길을 찾아냈는지는 아무도 모른다.)

넷이 눈에 들어간 모래를 털어내고 마음을 조금이나마 가라앉히기까지는 시간이 오래 걸렸다. 넷은 물놀이를 할 마음이 씻은 듯이 사라져서, 그 대신 바닷가를 따라 계속 걸으며 배를 찾아보기로 했다. 날은 이미 저물고 있었고 수평선 뒤로는 금방이라도 비를 뿌릴 듯이 짙은 먹구름이 몰려들고 있었다. 마치 폭풍이 몰아칠 듯한 광경이었다.

갑자기 바닷가 저만치에서 움직이는 무언가가 넷의 눈에 띄었다. 조그맣고 창백한 생명체가 셀 수 없이 많이 나타나 돛단배 한 척을 물에 띄우고 있었다. 무민의 엄마는 그 생명체들을 오랫동안 물끄러미 바라보다가 갑자기 크게 소리쳤다.

"떠돌이들이야! 해티패티들!"

그러더니 무민의 엄마는 온 힘을 다해 해티패티들 쪽으로 뛰어갔다. 무민과 작은 동물과 툴리파가 도착

할 때까지도 무민의 엄마는 (키가 엄마의 허리춤밖에 오지 않는) 해티패티들 한가운데 서서 흥분을 감추지 못한 채 이야기하고 물어보고 두 팔을 흔들어 대고 있었다.

무민의 엄마는 해티패티들이 정말로 무민의 아빠를 보지 못했는지 몇 번이고 되물었지만, 해티패티들은 동그랗고 색깔 없는 눈으로 무민의 엄마를 한 번 바라보기만 하고 계속 물을 향해 배를 끌었다.

무민의 엄마가 소리쳤다.

"아, 맞아. 급해서 해티패티들은 말하지도 듣지도 못한다는 사실을 깜박했네!"

그리고 무민의 엄마는 모래밭에 준수하게 생긴 무민을 하나 그린 다음, 커다란 물음표를 덧붙여 그렸다. 그러나 해티패티들은 무민의 엄마가 뭘 하든 전혀 아랑곳하지 않았고, 배를 바다에 띄우고는 돛을 내리기만 했다. (해티패티들은 너무 어리석어서 무민의 엄마가 그린 그림이 무슨 뜻인지 전혀 이해하지 못했을지도 모른다.)

먹구름이 더 짙게 몰려왔고 바다에서는 파도가 일기 시작했다.

결국 무민의 엄마가 말했다.

"해티패티들을 따라가 보는 수밖에 없겠구나. 바닷

가는 음울하고 황량해 보여. 그리고 엄마는 또 다른 개미귀신을 만나고 싶진 않구나. 얘들아, 모두 배에 올라타려무나."

"어휴, 잘못돼도 제 책임은 아니에요!"

작은 동물은 이렇게 구시렁거렸지만, 어쨌든 다른 이들을 뒤따라 배에 올라탔다.

해티패티 하나가 키를 잡은 배는 바다로 나아가기 시작했다. 하늘 주위는 갈수록 어둠이 짙어졌고, 파도 꼭대기에는 흰 거품이 일었으며, 저 멀리 천둥이 우르르 울렸다. 바람에 나부끼는 툴리파의 머리는 희미하게 빛났다.

작은 동물이 말했다.

"이제 다시 무서워졌어. 너희를 따라오는 게 아니었는데. 너무 후회돼."

"어휴."

무민이 입을 열었다가, 뭐라 대꾸하고 싶은 마음이 사그라져서 엄마 곁으로 기어 들어가 앉았다. 때때로 다른 파도보다 더 큰 파도가 밀려와서 물을 튀기며 이물을 넘어 들어왔다. 배는 돛이 팽팽해져서 사나운 속도로 나아가고 있었다. 가끔 인어가 물마루에서 춤을

추며 지나가는 모습이 보였고, 또 가끔은 작은 바다 트롤 한 무리가 희미하게 보였다. 천둥이 더 거세게 우르릉거렸고 번개는 사방에서 내리쳤다.

작은 동물은 캑캑거리며 구역질을 하기 시작하더니 겨우 말했다.

"뱃멀미도 나."

작은 동물이 토하는 동안 무민의 엄마는 작은 동물의 머리를 잡아 주었다.

날은 오래전에 저물었지만, 번쩍이는 번갯불 속에서 넷은 줄곧 배와 나란히 있으려고 따라오는 바다 트롤을 하나 알게 되었다.

무민은 두려워하지 않는다는 걸 보여 주려고 폭풍을 뚫고 바다 트롤에게 소리쳤다.

"안녕."

바다 트롤이 말했다.

"안녕, 안녕. 너는 생긴 게 꼭 우리 친척 같아 보이는구나."

무민은 예의 바르게 소리쳤다.

"그럴 수도 있겠다."

(그러나 무민은 친척이라고 해도 촌수가 아주 멀 거라고 생각했을 텐데, 무민 종족은 바다 트롤보다 훨씬 수려한 종족이기 때문이다.)

 툴리파가 바다 트롤에게 소리쳤다.

 "배에 올라타. 그렇지 않으면 따라오지 못할 거야!"

 바다 트롤은 뱃전을 단번에 뛰어넘어 들어와서는 개가 물기를 털어내듯이 몸을 흔들더니 말했다.

 "날씨 정말 멋지네. 너희는 어디로 가는 길이니?"

 작은 동물이 뱃멀미에 새파래진 얼굴로 끙끙거렸다.

 "어디든, 뭍으로만 가려고."

 바다 트롤이 말했다.

 "그럼 내가 잠시 키를 잡는 편이 좋겠어. 이 길로 가면 곧장 먼 바다가 나오거든."

 그리고 나서 바다 트롤은 키를 잡고 앉아 있던 해티패티를 물러나게 하고는 바람이 부는 방향에 맞추어 항로를 이쪽저쪽으로 자꾸 바꾸며 배를 이끌었다. 바다 트롤이 무민 일행과 함께하기 시작하자, 신기하게도 항해가 너무나 순조로워졌다. 배는 춤추듯 앞으로 나아갔고, 가끔은 높이 뛰어올라 물마루를 넘기도 했다.

 작은 동물은 뱃멀미가 가라앉아 기분이 풀린 표정이

었고, 무민은 환호성을 질렀다. 해티패티들만 무심하게 앉아 수평선을 뚫어지게 바라보고 있었다. 해티패티들은 낯선 곳에서 낯선 곳으로 가는 일 말고 다른 데에는 전혀 신경을 쓰지 않았다.

바다 트롤이 말했다.

"멋진 항구를 한 군데 알아. 하지만 진입로가 너무 좁아서 나처럼 뛰어난 선원 말고는 무사히 못 들어가."

바다 트롤은 큰 소리로 시원하게 웃으며 배가 높이 뛰어올라 물마루를 넘게 했다. 무민 일행은 사방에서 내리치는 번개 아래로 바다에서 육지가 솟구쳐 오르는 모습을 보았다. 무민의 엄마는 그곳이 으스스한 야생의 땅일지도 모른다고 생각했다.

무민의 엄마가 물었다.

"저기 먹을 게 있을까요?"

바다 트롤이 말했다.

"저기엔 뭐든지 있어요. 이제 꽉 잡으세요. 우리는 항구로 바로 들어갈 테니까요!"

그 순간, 배는 드높은 암벽들 사이에서 폭풍이 울부짖는 검은 협곡 쪽으로 거침없이 나아갔다. 바다는 절벽을 향해 흰 거품을 일으키며 달려들었고, 배도 절

벽을 향해 거세게 밀려드는 듯이 보였다. 그러나 다음 순간, 배는 새처럼 사뿐히 날아올라 협곡 안쪽 석호(潟湖)처럼 맑고 투명한 물이 잔잔하게 일렁이는 커다란 항구로 들어갔다.

무민의 엄마가 말했다.

"정말 다행이야. 여긴 좋아 보이는구나."

무민의 엄마는 바다 트롤이 했던 말을 온전히 믿지는 못했기 때문이었다.

바다 트롤이 말했다.

"어떻게 받아들이느냐에 달렸죠. 저는 폭풍이 칠 때를 더 좋아해요. 그러니까 전 파도가 잦아들기 전에 다시 떠나는 게 좋겠어요."

그러더니 바다 트롤은 재주를 넘어 바다로 뛰어들어 모습을 감추었다.

자신들 앞에 있는 미지의 땅을 보자 생기가 돈 해티패티들 몇몇은 늘어진 돛을 걷기 시작했고, 또 다른 해티패티들은 노를 기운차게 저어 꽃이 핀 초록빛 바닷가를 향해 갔다.

배는 들꽃이 가득 핀 풀밭에 닿았고, 무민은 배를 매는 밧줄을 쥐고 육지로 뛰어내렸다.

무민의 엄마가 말했다.
"이제 해티패티들에게 배를 태워 줘서 고맙다고 인사하자꾸나."
무민은 허리를 깊이 숙였고 작은 동물은 고맙다는 뜻으로 꼬리를 흔들었다.
무민의 엄마와 툴리파는 땅에 닿을 만큼 무릎을 굽히고 몸을 낮추어 인사하며 말했다.
"정말 고마워요."
그러나 무민 일행이 고개를 들었을 때 해티패티들은 이미 떠난 뒤였다.
작은 동물이 말했다.
"투명해졌나 보네. 이상한 족속이라니까."
그 뒤, 넷은 모두 꽃이 잔뜩 핀 풀밭 사이로 들어갔

다. 이제 날이 밝아 오고 있었고 태양은 이슬 속에서 반짝이며 빛났다.

튤리파가 말했다.

"여기 살면 얼마나 좋을까요. 여기에 피어 있는 꽃들은 예전에 살던 튤립보다 훨씬 더 아름다워요. 더구나 그 예전 튤립은 제 머리랑 색깔도 전혀 어울리지 않았어요."

갑자기 작은 동물이 한쪽을 가리키며 소리쳤다.

"저기 봐, 순금으로 된 집이야!"

풀밭 한가운데에 높다랗게 솟은 탑이 반짝이며 서

있었다. 맨 꼭대기 층은 사방이 기다랗게 이어진 유리창으로 둘러싸여 햇빛이 불타는 듯한 붉은 황금처럼 빛나고 있었다.

무민의 엄마가 말했다.

"저기 누가 사는지 궁금하구나. 그렇지만 누가 살든 지금은 깨우기에 너무 이른 시간이야."

무민이 말했다.

"하지만 너무 배고파요."

작은 동물과 툴리파도 입을 모았다.

"저도요."

그러고 나서 모두 무민의 엄마를 보았다.

"음, 그럼 하는 수 없지."

무민의 엄마는 이렇게 말하고 탑으로 다가가 문을 두드렸다. 잠시 뒤, 문에 달린 조그만 뚜껑 하나가 열리더니 머리카락이 새빨간 소년이 얼굴을 빼꼼 내밀었다.

소년이 물었다.

"조난을 당한 분들인가요?"

무민의 엄마가 물었다.

"그런 셈이라고 할 수 있단다. 그나저나 우린 너무나 배가 고프구나."

 그러자 소년은 문을 활짝 열고 "들어오세요."라고 말했다. 그리고 툴리파를 보았을 때 소년은 허리를 깊이 숙여 정중하게 인사했는데, 그렇게 아름다운 파란 머리를 처음 보았기 때문이었다. 툴리파도 소년만큼이나 깊이 무릎을 굽히고 몸을 낮추며 인사했는데, 소년의 빨간 머리가 아주 매력적이라고 생각했기 때문이었다.

 무민 일행 모두 소년을 따라 나선형 계단을 올라가 유리로 둘러싸인 맨 꼭대기 층까지 올라갔다. 그곳에서는 사방으로 바다를 바라볼 수 있었다. 방 한가운데에 자리 잡고 있는 탁자 위에는 김이 나는 해산물 푸딩*이

---

* 해산물 푸딩 : 커스터드푸딩처럼 단맛이 나는 후식이 아닌, 밀가루나 귀리 가루에 고기, 달걀, 버터, 우유 등을 섞어 굽거나 찌거나 끓여 굳힌 음식.—옮긴이

커다란 그릇에 담겨 있었다.

무민의 엄마가 물었다.

"정말 이 음식을 우리가 먹어도 괜찮겠니?"

소년이 말했다.

"물론이죠. 저는 먼 바다에 폭풍이 일 때 여기에서 바다를 살피고, 제가 있는 항구로 피난해 들어오는 이들 모두에게 해산물 푸딩을 대접해요. 이제껏 늘 그랬어요."

그 말에 무민 일행 모두 방 한가운데에 놓인 탁자에 둘러앉아 눈 깜짝할 사이에 그릇을 비웠다. (버릇없는 작은 동물은 가끔씩 탁자 아래로 그릇을 가져가서는 깨끗하게 핥기도 했다.)

무민의 엄마가 말했다.

"정말 고맙구나. 넌 틀림없이 이 위에서 많은 이에게 해산물 푸딩을 대접했겠지."

소년이 말했다.

"그럼요. 온 세상 곳곳에서 오는 이들에게요. 스너프킨, 바다 유령, 작은 생명, 거대 종족, 스노크들과 헤물렌들. 아귀도요."

무민의 엄마는 얼마나 흥분했는지 떨리는 목소리를 감추지 못하고 물었다.

"그럼 어쩌다 무민 종족을 본 적은 없니?"

소년이 말했다.

"봤어요, 한 명이요. 지난 월요일에 사이클론이 지나간 다음이었어요."

무민은 소리쳤다.

"아빠가 아니었을지도 몰라. 그 무민이 주머니에 꼬리를 넣곤 했니?"

소년이 말했다.

"맞아, 그랬어. 아주 뚜렷하게 기억나. 그 모습이 재미있게 보였거든."

그러자 무민과 무민의 엄마는 너무도 기쁜 나머지 서로 부둥켜안았고, 작은 동물은 껑충껑충 뛰면서 만

세를 불렀다.

무민의 엄마가 물었다.

"어디로 갔니? 특별한 말은 남기지 않았니? 지금쯤 어디에 있을까? 어때 보였니?"

소년이 말했다.

"괜찮아 보였어요. 남쪽으로 갔어요."

무민의 엄마가 말했다.

"그렇다면 우리도 당장 뒤따라가야겠구나. 아마 아빠를 따라잡을 수 있을 거야. 얘들아, 서두르렴. 내가 손가방을 어디에 뒀더라?"

그러고 나서 무민의 엄마는 다른 이들이 뒤따라가지 못할 만큼 서둘러 계단을 내려갔다.

소년이 소리쳤다.

"기다려 보세요. 잠깐만요!"

소년은 문 앞에서 넷을 붙잡았다.

다급한 마음에 발을 동동 구르며 서서 무민의 엄마가 말했다.

"우리가 제대로 작별 인사도 못 해서 미안하구나. 하지만 이해해 줬으면 좋겠어······."

"작별 인사 때문이 아니고요."

소년은 제 머리카락만큼이나 얼굴을 빨갛게 붉히고 말했다.

"생각만 해 본 건데. 제 말은, 어쩌면 그래도 괜찮지 않을까 해서······."

무민의 엄마가 말했다.

"음, 말해 보렴."

소년이 말했다.

"튤리파. 아름다운 튤리파, 여기 남아서 우리 집에서 같이 살지 않을래?"

튤리파는 기뻐하면서 소년의 말이 끝나기가 무섭게 대답했다.

"좋아. 저 위에 앉아 있었던 내내 네 유리 탑에서 내 머리가 뱃사람들을 위해 얼마나 잘 빛날 수 있을지 생각해 봤어. 그리고 난 해산물 푸딩을 아주 잘

만들어."

그러나 살짝 심란한 표정이 된 툴리파는 무민의 엄마를 돌아보았다.

툴리파가 말했다.

"당연히 무민의 아빠를 찾는 일도 아주 기꺼이 도와주고 싶지만……."

무민의 엄마가 말했다.

"아, 우리는 어떻게든 잘 해낼 수 있을 테니 걱정하지 마렴. 나중에 너희 둘에게 편지를 써서 어떻게 됐는지 전해 주마."

그 뒤, 모두 서로를 꼭 끌어안으며 작별 인사를 했고 무민은 엄마와 작은 동물과 같이 남쪽을 향해 길을 나섰다.

셋은 하루가 다 가도록 꽃이 핀 풍경을 지나갔다. 무민은 혼자서 그 풍경 속을 탐험하고 싶었다. 그러나 너무 조급증이 난 무민의 엄마는 무민이 걸음을 멈추게 둘 수가 없었다.

작은 동물이 물었다.

"저렇게 괴상한 나무들을 본 적이 있으세요? 줄기는 아주 엄청나게 길고 꼭대기에는 완전히 작은 먼지

떨이 같은 게 나 있잖아요. 저 나무들 정말 멍청하게 생긴 것 같아요."

무민의 엄마는 신경이 날카로워져서 대꾸했다.

"멍청한 건 나무가 아니라 너겠지. 저 나무는 야자나무고 언제나 저런 모습이야."

작은 동물은 부아가 나서 말했다.

"알 게 뭐예요."

오후 무렵이 되자 날이 찌는 듯이 더워졌다. 식물들은 모조리 사방으로 늘어졌고 태양은 시뻘겋게 빛나고 있었다. 무민 종족은 따뜻한 날씨를 무척 좋아하지만, 너무도 더워서 참을 수가 없었다.

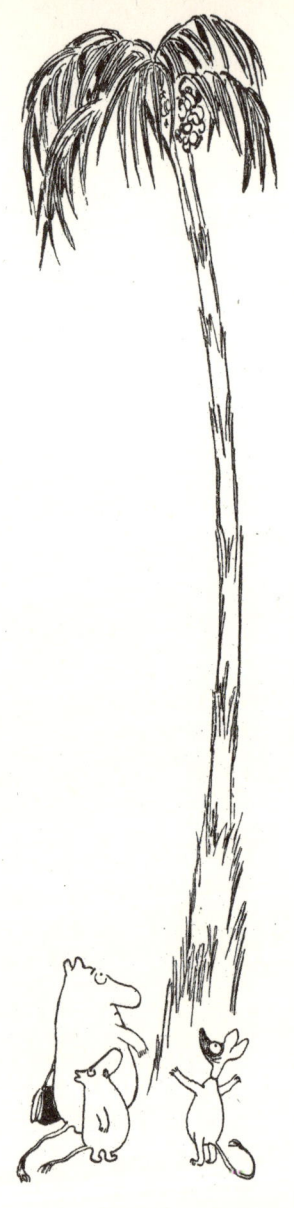

셋은 기운이 많이 빠져서 사방에 자라난 키 큰 선인장 아래에서 조금 쉬고 싶어졌다. 그러나 무민의 엄마는 무민의 아빠의 흔적을 찾아내기 전까지는 걸음을 멈추고 쉴 수가 없었다. 이미 날이 저물고 있었지만, 셋은 남쪽으로 계속 걸었다.

갑자기 작은 동물이 걸음을 멈추고 귀를 기울였다.

작은 동물이 물었다.

"주위에서 타닥거리는 게 뭐예요?"

그 순간, 나뭇잎 사이에서 속삭이듯 바스락거리는 소리가 들렸다.

무민의 엄마가 말했다.

"그냥 비란다. 어쨌든 지금은 선인장 아래로 기어들어 가는 게 좋겠구나."

비는 밤새 내렸고, 아침이 되자 억수같이 쏟아지기 시작했다. 셋이 밖을 보았을 때, 세상은 온통 잿빛이었고 울적했다.

무민의 엄마가 말했다.

"잠깐 피해 봐도 아무 소용이 없구나. 그래도 계속 가야 해. 하지만 기운 내렴. 정말 필요할 때 너희에게 주려고 아껴 놓았던 게 있단다. 여기에서 줄게."

 그러고 나서 무민의 엄마는 가방에서 커다란 초콜릿을 하나 꺼냈다. 노신사의 신기한 정원에서 가져온 것이었다. 무민의 엄마는 초콜릿 한가운데를 잘라 둘에게 한쪽씩 나누어 주었다.

무민이 물었다.

"그런데 엄마는 안 먹어요?"

무민의 엄마가 말했다.

"응. 엄마는 초콜릿을 안 좋아해."

그 뒤, 무민과 무민의 엄마와 작은 동물은 억수같이 퍼붓는 빗속을 하루가 다 가도록 쉬지 않고 걷기만 했고, 그다음 날도 그랬다. 그사이 셋이 찾아낸 먹을 것이라고는 흠뻑 젖은 마 몇 개와 무화과 조금뿐이었다. 셋째 날에는 비가 더 심하게 퍼부었고 작은 실개천은 모두 물거품이 이는 강이 되어 버렸다.

앞으로 나아가기가 갈수록 힘들어지기만 했고 물은 끊이지 않고 불어나기만 해서, 결국 셋은 급류에 휩쓸리지 않게 작은 바위 위로 올라가야 했다. 셋은 그곳에 앉아 휘몰아치는 소용돌이가 점점 더 가까이 다가드는 광경을 지켜보며 감기 기운이 들어 오들오들 떨었다. 홍수에 잠긴 가구와 집과 커다란 나무가 사방에서 떠돌고 있었다.

"다시 집에 가고 싶어!"

작은 동물이 이렇게 말했지만, 무민도 무민의 엄마

도 작은 동물의 말을 귀담아 들을 수가 없었다. 그 대신 물에 둥둥 뜬 채 춤추듯 빙빙 돌며 다가오는 이상한 물체가 눈길을 끌었다.

눈썰미가 좋은 무민이 살펴보더니 소리쳤다.

"조난을 당했나 봐요. 한 가족이에요! 엄마, 우리가 저들을 구해 줘야 해요!"

푹신한 안락의자 하나가 셋을 향해 그네처럼 흔들리며 다가오고 있었는데, 가끔 물 위로 비어져 나온 나무 꼭대기에 걸렸다가 물살에 이끌려 다시 떠내려오곤 했다.

"불쌍한 엄마 고양이구나!"

무민의 엄마는 이렇게 소리치더니 허리 높이까지 차

오르는 물에 뛰어들었다.

"엄마가 꼬리로 저걸 잡을 수 있게 엄마를 꼭 붙잡아 주렴!"

무민은 엄마를 단단히 붙잡았지만, 작은 동물은 너무 흥분한 나머지 안절부절못하며 아무것도 하지 못하고 우왕좌왕했다.

이제 안락의자가 소용돌이를 일으키며 무민의 엄마 앞을 지나가는 참이었고, 무민의 엄마는 재빨리 안락의자 한쪽 팔걸이에 꼬리를 반매듭으로 감은 다음, 힘껏 잡아당기기 시작했다.

무민의 엄마가 소리쳤다.

"영차!"

무민이 소리쳤다.

"영차."

작은 동물이 울었다.

"낑낑. 놓치면 안 돼!"

안락의자는 방향을 바꾸어 천천히 바위를 향해 다가오다가, 고맙게도 때마침 밀려든 물살에 떠밀려 바위 위로 올라왔다.

어미 고양이는 새끼 고양이들의 젖은 몸을 말려 주

려고 한 마리씩 차례로 목덜미를 물어다가 바위 위에 줄지어 올려놓았다.

어미 고양이가 말했다.

"도와줘서 고마워요. 이 물난리는 제가 살면서 겪은 가장 험한 일이었어요. 어휴."

그러고 나서 어미 고양이는 새끼들을 정성스레 핥아 주었다.

다들 고양이 가족을 구조했던 일을 돌이켜보지 않았으면 좋겠다고 생각하며 작은 동물이 말했다. (작은 동물은 고양이 가족을 구조할 때 힘을 보태지 못해서 부끄러웠다.)

"날이 갤 것 같아요."

그리고 작은 동물의 말은 틀리지 않았다. 구름이 갈라지더니 그 사이로 햇살 한 줄기가 곧장 내리비쳤고,

그 뒤로 햇살 한 줄기가 더 내리비치면서 수증기가 피어오르는 드넓은 수면 위로 갑자기 빛나는 태양이 솟았다.

무민은 소리쳤다.

"만세! 이제 우린 다 괜찮아질 거예요!"

작은 바람이 불어와 구름을 몰고 떠나면서 비를 맞아 묵직해진 나무 꼭대기를 흔들었다. 거세게 일렁거리던 물은 차분하게 가라앉았고, 어디선가 새 한 마리가 지저귀기 시작했으며, 어미 고양이는 햇볕을 받으며 가르랑거렸다.

무민의 엄마가 단호하게 말했다.

"이제 남쪽으로 계속 갈 수 있겠다. 물이 빠질 때까지 기다릴 새가 없구나. 자, 다들 안락의자에 올라타려무나. 그러면 엄마가 호수로 의자를 밀게."

어미 고양이가 하품하며 말했다.

"저희는 여기 있을래요. 쓸데없이 서두를 필요가 없거든요. 땅이 마르면 다시 집으로 갈게요."

그리고 햇볕을 받아 기운을 차린 다섯 마리 새끼 고양이 역시 하품하며 일어났다.

무민의 엄마는 물에서 안락의자를 띄웠다.

작은 동물이 말했다.

"조심해서 하세요!"

작은 동물은 등받이에 기대 앉아 주위를 둘러보았는데, 홍수가 난 뒤 물에 떠내려오는 값비싼 뭔가를 셋이 찾아낼 수 있을지도 모른다는 생각이 들어서였다. 예를 들면 보석이 가득 들어 있는 상자라거나. 왜 안 되겠는가?

작은 동물은 주위를 빈틈없이 살펴보다가 갑자기 호수에서 반짝이는 뭔가를 발견하고 흥분해서 크게 소리쳤다.

"저쪽으로 가요. 저기에 뭐가 반짝반짝 빛나고 있어요!"

"우리는 지금 물 위에 떠다니는 걸 몽땅 건질 상황이 못 된단다."

무민의 엄마는 이렇게 말하기는 했지만, 워낙에 다정한 성품이라 작은 동물이 말한 쪽으로 꼬리를 저어 갔다.

작은 동물은 꼬리로 병을 건져 올려 살펴보고는 실망해서 말했다.

"그냥 낡은 유리병이네."

무민이 말했다.

"맛있는 것도 안 들어 있어."

무민의 엄마가 진지하게 말했다.

"잘 좀 보지 그러니? 이건 무척 신기한 거란다. 병에 넣어 보내는 편지야. 이 안에 편지가 들어 있지."

그리고 나서 무민의 엄마는 손가방에서 코르크 마개 따개를 꺼내서 병마개를 땄다. 무민의 엄마는 떨리는 두 손으로 편지를 무릎에 펼쳐 놓은 다음, 큰 소리로 읽어 내려갔다.

"이 편지를 발견한 분께. 누가 이 편지를 보실지 모르겠지만 누구든 가능하다면 힘 닿는 데까지 저를 좀 구하러 와 주십시오! 제 멋진 집은 홍수에 떠내려가 버렸고 물이 점점 차오르는 지금, 저는 홀로 굶주린 채 추위에 떨며 나뭇가지 위에 올라와 있습니다. 불행한 무민 드림."

무민의 엄마는 울면서 말했다.

"홀로 굶주린 채 추위에 떨고 있다니. 아, 불쌍한 우리 아들, 아빠는 이미 오래전에 물에 빠져 돌아가셨나 보구나!"

무민이 말했다.

"울지 마세요. 아빠는 근처 어딘가 나뭇가지 위에 앉아 계실 거예요. 물도 곧 빠질 테고요."

그리고 정말 그랬다.

여기저기 언덕과 울타리와 지붕이 이미 수면 위로 솟아올라 있었고 이제 새들이 목청껏 노래를 부르고 있었다.

너나없이 분주하게 뛰어다니며 물에 빠진 세간을 건져 내고 있는 언덕을 향해 안락의자는 너울거리며 천천히 다가갔다.

 물가에 식당 가구들을 모아 놓은 커다란 헤뮬렌 하나가 소리쳤다.
 "거기 그거 내 안락의자잖아. 너희, 도대체 무슨 생각으로 내 안락의자를 배처럼 타고 다니는 거야?"
 무민의 엄마는 화를 내며 땅에 올라섰다.
 "그런데 썩은 배였지! 줘도 안 가져!"
 작은 동물이 속삭였다.
 "저 헤뮬렌을 화나게 하지 마세요. 까딱 잘못하면 물릴지도 몰라요!"
 무민의 엄마가 말했다.
 "쓸데없는 소리. 애들아, 이제 가자."

그러고 나서 헤물렌이 안락의자 쿠션의 젖은 속을 살펴보는 동안 무민과 무민의 엄마와 작은 동물은 물가를 따라 계속 걸었다.

무민이 혼잣말로 잔소리를 하며 돌아다니는 대머리황새 선생을 가리키며 말했다.

"저기 좀 보세요! 뭔지는 몰라도 대머리황새 아저씨가 잃어버린 걸 찾고 있나 봐요. 헤물렌보다 저 아저씨가 더 화난 것 같아요!"

귀가 밝은 대머리황새 선생이 말했다.

"버릇없는 녀석 같으니라고. 네가 백 살이 다 돼서 안경을 잃어버렸다면, 너도 기분이 좋아 보일 리는 없을 게다."

그러더니 대머리황새 선생은 셋에게서 등을 돌려 계속 안경을 찾았다.

무민의 엄마가 말했다.

"이제 가자. 우린 네 아빠를 찾아야 하잖니."

무민의 엄마는 무민과 작은 동물의 손을 이끌고 계속 서둘러 걸어갔다. 잠시 뒤, 셋은 물이 빠진 풀밭에서 반짝이는 물건을 발견했다.

작은 동물이 소리쳤다.

"다이아몬드가 틀림없어!"

그러나 셋이 다가가 살펴보니, 반짝이는 물건은 그저 안경일 뿐이었다.

무민이 물었다.

"대머리황새 아저씨 안경인가 봐요. 엄마, 그런 것 같지 않아요?"

무민의 엄마가 말했다.

"틀림없어 보이는구나. 네가 얼른 왔던 길을 되짚어 뛰어가서 안경을 아저씨에게 드리고 오는 편이 좋겠다. 아저씨가 기뻐하실 거야. 하지만 서둘러야 해. 불쌍한 네 아빠가 쫄딱 젖은 몸으로 굶주린 채 어딘가에 혼자 앉아 계실 테니까."

무민이 짧은 다리로 온 힘을 다해 뛰어가자, 저만치에서 대머리황새 선생이 여전히 물속을 쑤석거리고 있

는 모습이 보였다.

무민이 소리쳤다.

"저기요, 아저씨! 아저씨 안경 여기 있어요!"

대머리황새 선생은 진심으로 기뻐하며 말했다.

"아니, 정말이군. 너는 구제 불능에 버릇없는 녀석은 아닌가 보구나."

그러고 나서 대머리황새 선생은 안경을 쓰고 주위를 휘휘 돌아보았다.

무민이 말했다.

"저는 이제 다시 가 봐야 해요. 우리도 밖에 나와서 찾고 있는 중이거든요."

대머리황새 선생은 다정하게 말했다.

"그래, 그렇구나. 그런데 뭘 찾고 있니?"

무민이 말했다.

"우리 아빠요. 아빠가 어느 나뭇가지 위에 앉아 계실 거예요."

대머리황새 선생은 한참 동안 골똘히 생각에 잠겼다. 그러더니 선생이 단호하게 말했다.

"셋이서는 절대로 네 아빠를 찾아낼 수가 없을 게다. 하지만 네가 내 안경을 찾아 주었으니까 나도 너를 도와주마."

대머리황새 선생은 무척 조심스럽게 부리로 무민을 들어 등에 싣고는 날개를 몇 번 퍼덕이더니 물가 위를 날기 시작했다.

무민은 전에 한 번도 하늘을 날아 본 적이 없었는데, 하늘을 나는 건 살짝 무섭기는 해도 굉장히 재미있는 일이라고 생각했다. 대머리황새 선생이 무민의 엄마와 작은 동물 옆에 내려앉았을 때 무민은 꽤 의기양양해졌다.

대머리황새 선생은 몸을 구부려 무민의 엄마에게 인사하며 말했다.

"여사님께서 부군을 찾으신다던데, 그 일에 저를 쓰시지요. 여러분이 제 등에 올라타고 나면 바로 출발하겠습니다."

그러고 나서 대머리황새 선생은 무민의 엄마를 먼저 등에 싣고 나서, 잔뜩 들떠서 삑삑거리는 작은 동물을 들어 올렸다.

대머리황새 선생이 말했다.

"꽉 잡아요. 이제 물 위를 날 테니까."

무민의 엄마가 말했다.

"이건 지금까지 우리가 겪었던 일 중에서 가장 멋진 일일 거야. 하늘을 나는 건 생각만큼 무섭지 않구나. 이제 아빠를 찾아보자!"

대머리황새 선생은 크게 활 모양을 그리며 물 위

를 날아가다가 나무 꼭대기를 지나칠 때마다 살짝 높이를 낮추었다. 나뭇가지 위에 앉아 있는 이들은 한둘이 아니었지만, 찾고 있는 무민의 아빠는 어디에도 보이지 않았다.

무민의 아빠를 구하러 나선 탐험에 몹시 들뜬 대머리황새 선생이 말했다.

"나중에 저 작은 생명들도 구해야겠습니다."

대머리황새 선생은 꽤 오랫동안 물 위를 이리저리 날았다. 이제 날이 저물고 있었고 모든 것이 꽤 절망적으로 보였다.

갑자기 무민의 엄마가 소리쳤다.

"저기 있어!"

그러더니 무민의 엄마는 자칫하면 떨어질 정도로 두 팔을 크게 흔들기 시작했다.

무민이 "아빠!" 하고 소리치자, 작은 동물도 덩달아 소리를 내지르기 시작했다.

그곳, 거대한 나무 한 그루의 가장 높은 가지에 몸이 쫄딱 젖은 채 슬픈 표정으로 물을 내려다보며 앉아 있는 무민이 하나 있었다. 그 옆으로는 조난 신호용 깃발이 단단히 묶여 있었다.

대머리황새 선생이 나무에 내려앉은 다음, 선생의 등에서 가족들이 나뭇가지로 내려섰을 때 무민의 아빠는 너무도 놀라고 기쁜 나머지 아무 말도 하지 못했다.

무민의 엄마는 무민의 아빠를 품에 안고 훌쩍이며 말했다.

"우리 이제 다시는 헤어지지 말아요. 몸은 좀 어때요? 감기에 걸리지는 않았어요? 지금껏 내내 어디에 있었던 거예요? 아주 멋진 집은 지었고요? 우리 생각은 자주 했어요?"

무민의 아빠가 말했다.

"아주 멋진 집이었어요, 아쉽게도. 우리 아들 많이 컸구나!"

감동을 받은 대머리황새 선생이 말했다.

"잘됐군요. 저는 날이 저물기 전에 여러분을 뭍에 내려 드리고 몇을 더 구조하러 가 봐야겠습니다. 생명을 구하니 아주 기분이 좋습니다."

그러고 나서 무민 가족이 그동안 어떤 끔찍한 일을 겪었는지 서로에게 하나도 빠짐없이 앞 다투어 이야기하는 사이, 대머리황새 선생은 무민 가족을 물가로 데려다주었다. 온 물가를 따라 생명들이 모닥불을 피워 놓고 몸을 녹이며 요리를 하고 있었는데, 대부분 집을

잃어 갈 곳이 없었기 때문이었다.

대머리황새 선생은 모닥불이 피워진 한쪽 가에 무민과 무민의 아빠와 엄마와 작은 동물을 내려 준 다음, 재빨리 작별 인사를 하고는 다시 날아올라 물 위를 가로질러 갔다.

불을 피워 놓은 아귀 두 마리가 말했다.

"안녕하십니까. 앉으세요. 수프가 곧 다 됩니다."

무민의 아빠가 말했다.

"정말 고맙습니다. 홍수가 나기 전에 제가 얼마나 멋진 집을 지었는지 여러분은 전혀 모르실 테지요. 저 혼자 직접 지었어요. 하지만 제가 새로 집을 지으면 여러분 모두 언제든 환영입니다."

작은 동물이 물었다.

"집이 얼마나 컸는데요?"

무민의 아빠가 말했다.

"방이 셋이었어. 하나는 하늘색 방, 또 하나는 햇빛처럼 밝은 노란색 방이었고 다른 하나는 점무늬 방이었지. 그리고 작은 동물, 네가 쓸 수 있는 손님방도 있었단다."

무민의 엄마가 무척 기뻐하며 물었다.

"정말 우리 모두 그 집에서 살 거라고 생각했어요?"
무민의 아빠가 말했다.

"물론이지요. 언제나 어디에서나 우리 가족들을 생각했어요. 우리 소중한 타일 벽난로를 어떻게 잊을 수 있었겠어요."

이윽고 달이 떠올랐다. 무민 가족은 앉아서 수프를 먹었고 물가를 따라 피워 놓았던 모닥불이 모두 꺼질 때까지 각자 어떤 경험을 했는지 서로에게 이야기해 주었다. 그 뒤, 아귀들에게서 담요를 한 장 빌려 덮고는 서로 꼭 붙어 웅크리고 잠이 들었다.

다음 날 아침, 물은 눈에 띌 만큼 제법 빠졌고, 무민 가족은 기분 좋게 햇볕 아래로 나왔다. 작은 동물은 기뻐서 꼬리로 나비 모양을 그리며 무민 가족 앞에

서 춤을 추었다.

무민 가족은 하루 내내 걸었다. 발길 닿는 곳마다 아름다운 풍경이 펼쳐져 있었는데, 비가 갠 뒤로 사방에 예쁜 꽃이 피어나 있었고 나무마다 꽃이 피고 열매가 열려 있었기 때문이었다. 배가 고프면 나무를 살짝 흔들기만 하면 되었는데, 그러면 열매가 주위로 후두두 떨어졌다.

마침내 무민 가족은 그날 보았던 어느 곳보다 아름다운 작은 골짜기에 다다랐다. 그리고 그곳, 풀밭 한가운데에, 타일 벽난로와 다를 것 없는 모양새에 파란 칠이 된 무척 아름다운 집이 한 채 놓여 있었다.

무민의 아빠가 너무 기뻐서 넋이 나간 듯이 크게 소리쳤다.

"내가 지은 집이야! 여기로 떠내려왔고, 지금 여기, 이 자리에 있다니!"

작은 동물이 "만세!" 하고 소리치고 나서, 무민 가족과 함께 골짜기 아래 집으로 뛰어 내려갔다. 가족들 모두 멋진 집이라며 무민의 아빠에게 칭찬을 아끼지 않았다. 작은 동물은 심지어 굴뚝까지 기어 올라갔는데, 그 자리에서 더 크게 소리를 내질렀다. 알이 굵다란 진

짜 진주를 엮어 만든 목걸이가 홍수 때 휩쓸려 와서 굴뚝에 걸려 있었다.

작은 동물은 소리쳤다.

"이제 우린 부자야! 우린 자동차도 살 수 있고 더 큰 집도 살 수 있어!"

무민의 엄마가 말했다.

"아니야. 우리에게는 이 집이 다른 어떤 집보다 아름다운 집이란다."

그러고 나서 무민의 엄마는 무민의 손을 잡고 하늘색 방으로 들어갔다. 그리고 무민 가족은 기분 전환 삼아 여행을 떠났던 두세 번을 빼고는 골짜기의 그 집에서 평생을 살았다.

역자 후기

재난 속의 용기와 희망을 전하는 무민 이야기의 서막

언뜻 평온하고 아름답게만 보이는 무민의 세계는 역설적이게도 제2차 세계 대전에 휘말린 1940년대 핀란드의 위기 상황에서 싹텄다. 저자 서문에 나와 있듯이 『작은 무민 가족과 큰 홍수』(이하 『큰 홍수』)는 전쟁 한가운데에서 쓰기 시작해 평화가 다시 찾아온 1945년에 책으로 나왔다.

토베 얀손이 이 작품을 쓰기 시작했을 때, 유럽 대륙은 제2차 세계 대전이 시작되었다. 독소불가침 조약을 통해 핀란드를 정복하려 했던 소련은 수도인 헬싱키를 폭격하면서 핀란드 침공을 개시했다. 전쟁은 1945년까지 일상이 되었고, 평화는 요원했다. 얀손의 절친한 친구는 전쟁과 탄

압을 피해 미국으로 떠났고, 두 남동생(『무민 가족의 집에 온 악당』(1980)을 같이 만든 사진가 페르 올로브 얀손(1920~2019)과 『무민 코믹 스트립』(1954~1975)을 1959년부터 같이 만든 작가 라스 얀손(1926~2000)이다.)은 핀란드군에 징집되었다. 전쟁 자체도 커다란 위기이거니와 그로 인해 창작의 자유와 사적 관계마저 위태로워진 얀손이 겪었을 극심한 정신적 고통은 재난의 공포와 위기로 가득한 이 작품의 배경 설정과 이야기 전개에서 엿볼 수 있다.

『큰 홍수』는 재난에 관한 이야기이다. 큰 홍수의 모습으로 얀손이 자신의 서사에서 선보인 재난이라는 주제는 나중에 혜성과 화산의 모습을 빌려 연작에서 다시 나타난다. 이전 세기의 전쟁과는 비교할 수 없을 정도로 극심했던 세계 대전의 민간인 희생, 그로 인한 이산과 피난은 이 작품의 주요 모티프이다. 전쟁의 대량 살상은 홍수와 같은 자연재해로 상징된다. 그와 동시에, 무민 가족을 비롯한 작은 생명들의 용기와 사랑과 희망에 대한 이야기이기도 하다. 미국 작가 리베카 솔닛(Rebecca Solnit)의 말처럼 재난은 절망만을 안겨 주는 것이 아니라 진정한 사랑을 발견할 수 있는 기회이기도 하기 때문이다. 가부장제 혈연관계에 얽매이지 않은 새로운 가족 관계 그리고 작고 약한 생명들을 향한 박애(博愛), 서로 힘을 합쳐 난관을 극복하려는 용기는 무민 세계를 움직이는 힘이라고 할 수 있으며, 무민 세계의 서막에 해당하는 『큰 홍수』에서 뚜렷이 드러난다. 얀손은 자신이 행복한 사회, 또 다른 세상, 우울하고 무서운 제2차 세계 대전 속 세상이 아닌 다른 세상을 만드는 꿈을 꾸고 있다고 일기에 썼다. 무민의 세계는 이러한 꿈의 실현이라고 할 수 있다.

무민의 엄마는 제2차 세계 대전의 피난민처럼 언제 어디서 닥칠지 모르는 위험을 무릅쓰고 자신과 어린 아들이 무사히 겨울을 날 따뜻한 피난처 그리고 잃어버린 무민의 아빠를 찾아 나선다. (아직 무민 세계의 틀이 온전히 잡히지 않은 시기였던 까닭에 무민마마, 무민파파의 이름은 '무민의 엄마', '무민의 아빠'로 표현된다.)

힘겨운 피난길에서 무민의 엄마와 무민은 자신들을 돕거나 자신들의 도움이 필요한 다양한 캐릭터들과 만나게 되는데, 무민 가족은 조금도 망설이지 않고 새로운 관계를 모두 받아들인다. 초반부 배경인 어두운 숲에서 무민의 엄마와 무민은 이후 연작에서 스니프라는 이름을 갖는 작은 동물을 거두며 새롭게 가족을 확장한다. 무민 가족 특유의 유연한 가족 개념과 가족 확장의 실천은 무민 연작에서 계속 나타나는 주요 주제이다. 무민 가족은 왕뱀에게 쫓기기도 하고, 현실의 재난에는 등진 채 단맛의 환각이 지배하는 가짜 유토피아의 유혹에 빠졌다가 배앓이를 하거나, 타고 가던 배가 폭풍우에 난파될 위험에 빠지기도 한다. 그러나 위기를 겪을 때마다 파란 머리 소녀 툴리파, 바다 트롤, 등대지기 소년처럼 일면식도 없던 타자들에게 도움을 받으며 무사히 "온 세상 곳곳에서 오는 이들"이 피난해 모여 있는 물가에 다다른다.

무민 가족은 일방적으로 도움을 받기만 하는 데 그치지 않고 홍수에 떠내려가던 고양이 가족을 구해 주거나, 안경을 잃어버려 곤란에 부딪힌 대머리황새 선생의 안경을 찾아 주며 도움을 베푼다. 잇따라 주고받은 선행은 대머리황새 선생의 도움을 받아 무민의 아빠를 찾으며 매듭지어진다. 마침내 태양이 다시 빛나고 물이 빠진 후 무민 가족은 아빠가 지은 집이 홍수에 떠내려오다 자리를 잡은 새로운 삶의 터전이자 평온한 세상인 무민 골짜기에 다다른다. 재난을 이겨내고 행복한 결말을 맞은 가족은 무민 종족이 마음 편히 살았던 옛 시절 사람들의 벽난로를 닮은 집에서 아름다운 골짜기에서 평화로운 일상을 되찾는다.

좋은 작품의 미덕은 감상과 해석의 시작점을 풍요롭게 만드는 데에서 비롯될 것이다. 『큰 홍수』에서 천재지변과 다름없는 전쟁과 이산의 고통을 읽어 내는 이가 있을 것이고, 어떤 이는 가부장적 혈연관계로 이루어진 가족의 한계를 혁파하는 새로운 시도를 떠올릴 것이며, 홍수와 같은 위기 상황에서 각자도생 대신 "낯선 이웃"과 도움을 주고받으며 "자발적으로 좀 더 공동체적인 자아로 돌아간" (리베카 솔닛, 『이것은 이름들의 전쟁이다』(2018), 311쪽) 작중 캐릭터들의 용기에 깊은 인상을 받는 이도 있을 것이다. 또한 『큰 홍수』를 무민 세계의 과거와 미래의 접점으로 읽을 수도 있다. 얀손이 서문에서 쥘 베른과 카를로 콜로디를 언급했듯이, 작품 곳곳에 서양 아동문학 고전 작품들이 떠오르는 부분들이 눈에 띄며, 훗날 연작들에서 나타나는 이야기의 단초가 엿보이는 『큰 홍수』는 무민 세계의 기초를 놓은 작품이라고 할 수 있다. 『큰 홍수』를 읽으면서 여러 생각과 느낌이 함께하는 독자에게는 무민 세계의

이 조그마한 시작이 뒤이어 펼쳐질 연작 여덟 편으로 이끄는 계기가 될 것이다.

이 책은 1991년 얀손의 서문을 덧붙여 재출간된 스웨덴어판 원작 『Småltrollen och stora översvämningen』(Förlaget M, 2018)을 완역했으며, 옮기면서 영어판 『The Moomins and the Great Flood』(Sort of Books, 2012), 독일어판 『Willkommen im Mumintal: Enthält die Bände: Mumins lange Reise/Komet im Mumintal』(Arena, 2005), 프랑스어판 『Moomin et la grande inondation』(Le Lezard Noir, 2010), 일본어판 『小さなトロールと大きな洪水』(講談社, 2011)을 참고했다.

이유진

옮김 이유진

한국외국어대학교 대학원 영어영문학과와 스웨덴 스톡홀름대학교 문화미학과에서 문학석사 학위를 받았다. 노르웨이, 덴마크, 스웨덴 문학작품을 우리말로 옮기고 있으며, 옮긴 책으로 『리비에라에 간 무민 가족』, 토베 얀손 원작 그림책 『그다음에 무슨 일이 있었을까요?』 『누가 토플을 달래 줄까요?』 『위험한 여행』 『무민 가족의 집에 온 악당』, 토베 얀손 무민 연작소설 『혜성이 다가온다』 『마법사가 잃어버린 모자』 『보이지 않는 아이 : 아홉 가지 무민 골짜기 이야기』 등이 있다.

무민 도서관

작은 무민 가족과 큰 홍수 무민 골짜기, 시작하는 이야기

초판 1쇄 인쇄일_2020년 3월 18일 | 초판 1쇄 발행일_2020년 4월 1일
글·그림_토베 얀손 | 옮김_이유진
펴낸이_박진숙 | 펴낸곳_작가정신 | 출판등록_1987년 11월 14일(제1-537호)
책임편집_윤소라 | 디자인_노민지
마케팅_김미숙 | 디지털 콘텐츠_김영란 | 홍보_정지수 | 관리_윤미경
주소_(10881) 경기도 파주시 문발로 314 2층 | 전화_(031)955-6230
팩스_(031)944-2858 | 이메일_mint@jakka.co.kr | 홈페이지_www.jakka.co.kr

ISBN 979-11-6026-803-4 03890

이 도서의 국립중앙도서관 출판시도서목록(CIP)은 서지정보유통지원시스템 홈페이지(http://seoji.nl.go.kr)와 국가자료공동목록시스템(http://www.nl.go.kr/kolisnet)에서 이용하실 수 있습니다.
(CIP제어번호 : CIP2020006136)

Småtrollen och den stora översvämningen
Copyright © Tove Jansson (1945) Moomin Characters™
Korean Translation Copyright © Jakkajungsin 2020
Korean Publication rights arranged by Seoul Merchandising Co., Ltd.
All rights reserved.

이 책의 한국어판 저작권은 SMC를 통한 저작권자와의 독점 계약으로 작가정신 출판사에 있습니다. 저작권법에 의해 한국 내에서 보호를 받는 저작물이므로 무단 전재와 무단 복제를 금합니다.

* 책값은 뒤표지에 있습니다. * 잘못된 책은 바꾸어 드립니다.
* 이 책의 등장인물을 포함한 고유명사는 가독성을 위하여 국내에 널리 소개된 표기를 따랐습니다.